정세윤.🎀

88. 은계경

아끼고 아낀 말

• 아끼고 아낀 말

To. *you*	Date. *today*
Memo.	

바람이 부는 걸까, 내가 흔들리는 걸까?

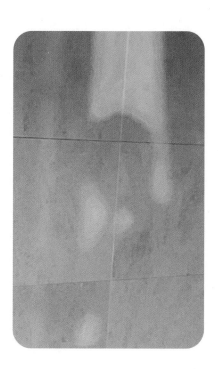

위즈덤하우스 • 정세운 청춘 에세이

이상할 만큼 10대 시절의 기억이 희미하다. 내가 어떤 생각을 하며 지냈는지, 어떤 사람이었는지 잘 기억나지 않는다. 그나마 떠오르는 건 친구들과 뛰어놀며 축구하던 기억과 해 질 녘 골목길에서 숨바꼭질하던 기억, 초등학교 시절 인라인스케이트를 한쪽만 탄 채 체육복을 입고선 스스로의 멋에 취해 당당히 교문으로 등교하던 기억……. 그때는 그저 하루하루 벌어지는 상황을 아무 생각 없이 받아들이기 바빴던 것 같다.

20대가 되어서야 내가 어떤 환경에 있었는지, 무엇이 나의 생각과 행동에 영향을 미쳤는지 생각해보게 되었다. 곱씹어볼수록 희미한 기억들이 참 아쉽다. 그래서인지 20대의 나는 생각하는 걸 좋아한다. 지금 이 순간을 특별한 순간으로 오랫동안 기억할 수 있게 만들어주기 때문이다.

'나는 오늘 어떤 것에 집중하고 있고, 내 머릿속에는 어떤 생각이 가득 차 있을까?'

이것이 나의 오늘을 설명해주고 나의 20대를 나타내줄 것이다.

벌써 20대 중반, 이유 모를 압박감이 몰려오기 딱 좋은 나이다. '벌써'라는 표현을 나도 모르게 쓴 걸 보면 말이다. 흐르는 시간이 참 날카롭고 순식간에 휙 지나가는 것 같아 아쉽기도 하다. 그래서 더욱 기록하고 싶었다. 오늘의 나는 어떤 생각을 하고 있는지, 어떤 기분인지. 빠르게 흘러가는 20대의 나를 붙잡아 도망가지 못할 이 종이에 기록하고 싶었고, 또 기록하면서 새롭게 알게 되는 나의 모습도 있을 거라 기대했다.

음악을 하는 사람이라 음악으로 나를 표현하는 것에는 연습이 되어 있고 익숙하지만, 글로 진실된 마음과 생각을 표현하고 전달하는 것은 낯설고 뭔가 부끄럽기도 했다. 하지만 이 책을 읽는 사람들에게 이 책이 언제든 들러 편히 쉴 수 있는 정원 같은 책이 되면 좋겠다는 바람으로 아끼고 아낀 말들과 마음들을 꾹꾹 써내려갔다.

그사이 또 시간이 쏜살같이 지나갔고, 지난 과정을 돌이

켜 보며 마지막으로 이 프롤로그를 쓰고 있다.

투박하고 날 것 그 자체인 나의 글들을 잘 정리해주고 책
이 세상에 나오기까지 고생해준 많은 분들께, 그리고 내
생각의 방식과 결에 좋든 나쁘든 영향을 준 모든 이들에
게 감사하다.

끝으로, 이 책을 읽기로 선택한 여러분에게 질문 드리고
싶다.

"오늘, 지금 이 순간 여러분의 마음속에 가득 담겨 있는
것은 무엇인가요?"

2022년 봄,

정세운

prologue • 5

하나.

쉬운 것들,
쉽지 않은 것들

둘.

나의 계절이
언제나 적당하기를

셋.

그래도
네가 곁에 있다면

넷.

다시 한 걸음,
조금씩이라도

하
나.

쉬운 것들,
쉽지 않은 것들

<II>

오늘의
기분

우리 주위를 둘러싼 것들이
우리의 감정을 만드는 걸까?

아니면,

우리의 감정이
우리 주위를 만드는 걸까?

◀ ❚❚ ▶

Bruno Major-Regent's Park

한
순
간

건강한 것도,

아픈 것도,

아픈 뒤에 아팠던 걸 잊는 것도,

다시 다치는 것도,

모두 한순간.

◀❚❚▶

Bahamas-All I've Ever Known

태양
과

달 사이

시간이 너무 빠르게 흐른다.
오늘 한 게 뭐 있다고.

태양과 달 사이에
뭔가 하나 더 있으면 좋겠다.

20 something

바람이 부는 걸까

내가 흔들리는 걸까

거울
아

거울
아

하루 끝,

거울 속 내가 마음에 드는 날은

하루가 짧았고,

거울 속 내가 초라해 보이는 날은

하루가 길었다.

◀❚▶

스텔라장-뒷모습

왜

그럴까

불안정하기에 확신받고 싶어 하고
의심스럽기에 인정받고 싶어 하고

그러다가

공허하고

◀❚❚▶

Tom Misch-Watch Me Dance

얼마나
더

한심해야

나도 참 멍청하지.

포기할 줄 알아야 하는데도,
포기해야 하는 걸 아는데도,
정확한 이유도 알 수 없는
이상한 미련 때문에
자꾸 처음으로 돌아가길 반복하는,

참 한심한 나.

◀ ❚❚ ▶

곽진언-후회

그게   전부인 것처럼

듣기 좋은 말만 듣고 싶고
곁에 두고 싶은 게
사람 마음이다.
확신하지 못하기 때문이다.

다른 사람의 말과 행동을 통해
확인받고 싶어 하고
보상으로 본인이 가치 있는 사람임을
확신하고 싶어 한다.

그리고 그 확인과 확신에
큰 가치를 매긴다.
자존심에 사활을 건다.

마치 그게 전부인 것처럼.

◀❙❙▶

자우림-꿈

그
래
서

무슨 말이 듣고 싶은데

"괜찮아"라는 말을

듣고 싶고

"괜찮지 않아"라고 말해줄 수 있는 사람을

찾고 싶고

◀ ❙❙ ▶
_____

Samm Henshaw-Broke
_____

_____

착각하지
말자

할 수 있는 건 할 수 있는 거고
할 수 없는 건 할 수 없는 거다.

◀ ❚❚ ▶

Scott Wilkie-Sign Of The Times

된다고
해줘

못 하는 것과 안 하는 것은 분명 다른 것이다.

하지만

못 해도 되는 건 안 해도 된다.

되겠지……?

참 매력적이야

근데 진짜

완전 매력적이긴 하다.

누워서 아무것도 안 하고 가만히 있는 거.

◀ ❚❚ ▶
_____
Mac Ayres-Easy
_____

자기

합리화

하고 싶은 건 많은데

그걸 해버리면

하고 싶은 게 사라지는 거니까,

안 해야겠다!

◀ ❚❚ ▶

프롬-달밤댄싱(Single Mix)

부러워

하고 싶은 걸 바로 시작할 수 있는 것도
그만두고 싶은 걸 바로 그만둘 수 있는 것도

참 엄청난 능력이다.

◀❙❙▶

신승훈-늦어도 11월에는

:)

지금 무슨 생각해

뭐가 그리 복잡해

정세운-20 something

쉽지
않
은
것들

무표정에 둘러싸여 있을 때

그 표정들을 뚫고 웃음을 짓는 것도
내가 먼저 남에게 마음을 열고 다가가는 것도
아무 목적 없이 나를 바라봐주는 눈빛을 찾는 것도

전부 쉽지 않다.

◀❚▶

Jon Brion-Theme

쉬운

것들

자꾸만 더 편한 것을 찾는 것도
알면서도 모르는 척 내 생각만 하는 것도
순간의 짜릿한 감정들을 만끽하는 것도
모든 걸 내일로 미루는 것도

전부 참 쉽다.

◀ ▮▮ ▶

Bill Evans Trio-My Foolish Heart(Album Version)

아니
땐

굴뚝에

'아니 땐 굴뚝에 연기 나랴'라는
말을 믿어 왔는데

아니 땐 굴뚝이라 불을 붙이려는
경우도 있더라.

도대체

왜

곤란해할 질문을 도대체 왜 하는 거야?

재밌지도 않고

웃기지도 않고

곤란해하길 원하는 거야, 뭐야!

◀ ❚❚ ▶

Sigrid-Don't Kill My Vibe

비련의 주인공

스스로 생각의 구렁텅이에 빠지길
자처하는 사람이 있다.
홀로 의심하다 홀로 상처받고
간단한 대화 한 번이면 풀릴 오해를
오래 간직하며
상처받은 본인만을 가엾게 여기는
비련의 주인공 역할에 취해 있는 사람.

◁❙❙▷

Lianne La Havas-Au Cinema

때
로
는

좋아 보이는 말일수록

의심조차 못 하는 말일수록

독이 되는 말일 때가 있다.

◀‖▶

Billie Marten-Live

한
치의　　　앞

여유롭고 평화로운 순간을 비웃듯

갈등은 고개를 들고

혼란 속에서 뜻밖의 미소가 피어났다.

◀ ‖ ▶

BENEE-Glitter

내 머릿속

지
우
개

고등학생 이전 시절의 기억을 떠올려보니
생각나는 일들이 많지 않다.

아니, 거의 없다.

또렷하게 기억나는 장면들도 있지만,
나에게 그 장면들은 좋지 않은 기억들이다.
왜 좋지 않은 기억들은 사라지지 않고
내 마음속 깊은 곳에 생생히 남아 있을까.
행복했던 순간도 분명히 있었을 텐데.

◀❚❚▶

Nicki Parrott-As Time Goes By

어른　　면허증

말도 안 돼, 내가 운전을 한다고?

필기 공부를 하면서도
실기 시험을 보면서도
내가 운전을 할 수 있게 된다는 것이
이상하리만큼 믿기지 않았다.

운전이라는 건 나에게 어른의 것이었다.
정말 어른이 되면 할 수 있는
어른 그 자체의 것.
그런 어른의 것을 내가 할 수 있게 된다니.

시간 흐르는 게 참 날카롭다.

◀ ❚❚ ▶

Thomas Dybdahl-City Lights

나의　　　24시간은

어떤 것에 마음이 끌리면
내 모든 감각과 관심이
누가 시키지 않아도 그리로 향한다.

매일 생각나고
더 알고 싶고
무엇보다 그 과정이 즐겁다.

하루 24시간은
모두에게 똑같이 주어지는데
각자 마음이 끌리는 대로 다르게 흘러간다.

지금 나의 감각과 관심은 무얼 향해 있을까.
지금 내 마음엔 어떤 것이 담겨 있을까.

◀ ❚❚ ▶

Gill Chang, glasscat-One For You

둘.

나의 계절이
언제나 적당하기를

나를 넘는　　　선택

네가 하고 싶은 대로 해.
네 맘대로 해도 괜찮아.

　　　　　　　이런 말들이 예전엔 참 좋았다.
　　　　　　　괜히 마음도 가벼워지는 것 같고,
　　　　　　　하고 싶은 대로, 맘대로 하라는데
　　　　　　　싫을 리가 없지 않나?

그런데 어느 순간부터
나라는 사람에 대해 점점 더 알아갈수록
그저 내가 하고 싶은 대로,
내 멋대로 하고 싶지 않아졌다.
분명 나를 사랑하고 나에게 만족하지만,
그렇다고 나만의 좁은 세상에 갇혀
내 생각대로 내 맘대로 내가 하고 싶은 대로
단정 짓는 선택을 하고 싶지 않아졌다.

나는 나를 넘는 선택을 하고 싶다.

때로는 내가 하기 싫어도,

때로는 내가 좋지 않아도.

◀❚❚▶

John Mayer-Moving On and Getting Over

물통의
크기

물통이 있다.

용량 500밀리미터의 물통.

이 물통에 넣을 수 있는 물의 양은 500밀리미터.

아무리 계속 부어도 물은 넘치기만 할 뿐

500밀리미터의 물통에는 500밀리미터만 담을 수 있다.

지금 내가 집중하고 있는 건

내 물통에 더 많은 물을 부으려고 애쓰는 게 아니라

지금 내 물통의 용량을 알아내고

물을 담을 수 있는 물통의 크기를 조금씩 키워가는 것.

내 물통은 지금 몇 밀리미터일까.

◀ ❚❚ ▶

Tahiti 80-1000 Times(Accoustic Version)

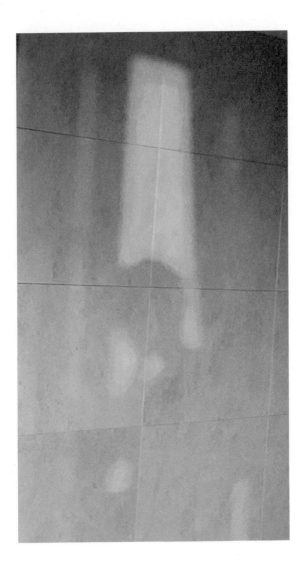

Before Loving Yourself

무작정 나를 사랑하는 것보다
사랑해야 할 나에 대해 잘 아는 것부터.

마음껏 나를 사랑해주기 전에
사랑하지 않아야 할 내 모습을 찾아내는 것부터.

◀ ❚❚ ▶

FKJ-Ylang Ylang

그냥   싫었던 거야

환경이 기분과 성격에 미치는 영향은 제법 커서
누군가의 불평 소리, 화에 가득 찬 소리는
아무렇지 않던 내 기분조차 공격성을 띠게 만든다.

이 얘기를 잘 생각해보면
반대로 나의 행동과 소리로 내 주위를
맑고 밝은 기운으로 채울 수 있다는 게 아닐까.

세상에 내 뜻대로, 내 마음대로 다 되는 일은 없다.
이미 벌어진 일들을 돌이킬 수도 없다.
그렇다면 벌어진 일을 받아들이고 인정한 뒤,
어떻게 하면 좋을지 생각해보고 움직이는 게 좋지 않을까.

생각보다 나는 이 문제의 답을 알고 있었다.

나는 그냥 싫었던 것뿐이었다.

◀ ❚❚ ▶

Master Class-Dawn

하루

의

끝

사람들에게 이리저리 사진 찍히며
저물고 있는 저 태양은 어떤 생각을 하고 있을까.

나처럼 아름답다고 생각하고 있을까.

◀❚▶
_____

Rex Orange County-Sunflower

_____

In the dark

밤이 지나가길 그저 기다리면 되는 줄 알았다.
두 눈을 꼭 감고 견뎌야 되는 줄 알았다.

그게 아니었다.

그저 감고 있는 두 눈을 뜨고

순수하게 빛나는 곳에

시선을 두기만 해도 되는 것이었다.

◀ ❚❚ ▶

Grouper-Lighthouse

가짜
상처

아무 생각 없이 시간을 허비해봤기에
시간의 중요성을 깨달을 수 있었다.

가진 것 없이 가난해봤기에
내게 주어진 하나하나의 소중함을 느낄 수 있었다.

바보 같고 어리석었기에
무엇이든 배우고 싶었다.

아무 꿈도 없었기에
어떤 꿈도 꿀 수 있었다.

◀❚▶

Faustix-Thorns

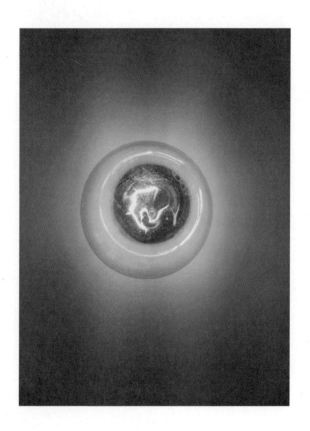

이유
의
　　이유

집중할 수 없고

생각하기 싫고

귀찮아지는 건

그만큼

집중하고

생각하고

움직일 필요가 있는 일이다.

◀❚❚▶

Eddie Higgins Trio-A Lovely Way To Spend An Evening

자꾸
주저앉는

나에게

과거에 젖어 자책하고 있을 시간이 없잖아.

반복된다 해도 새로운 희망을 포기할 이유는 아니잖아.

끝이라 할지라도 동시에 새로운 시작임에 틀림없잖아.

◀ ❚❚ ▶

Sing Street-Drive It Like You Stole It

나
의

계절

잘해왔잖아.
조금 느려도 괜찮아.
이대로도 좋아.
멈추지만 않으면 돼.

　　　　　　　나의 계절도
　　　　　미소를 띠며 다가와
　　　살포시 날 안아줄 거야.
　　　나를 토닥여줄 거야.

◁Ⅱ▷

지
금

필요한 건

맘 편히 나를 내려놓을 수 있는 시간.

고요하게 생각을 정리할 수 있는 나 자신과의 대화.

다시 힘을 얻을 수 있는 건강한 생각.

그리고 이 모든 게 이루어질 나만의 쉴 곳.

◀ ❚❚ ▶

Jon Bryant-Paradise

불편함의　　기회

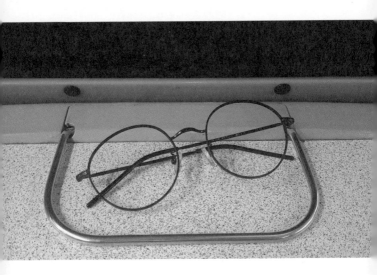

나는 눈이 나쁘다.
하지만 스물한 살이 될 때까지
안경이나 렌즈를 사용하지 않았다.
왜 그랬을까, 스스로도 의문이었다.

내가 생각해낸 답은 불편하지 않았기 때문이다.
아니, 정확히는 불편함을 애써 외면하고
불편하지 않다고 생각했기 때문이다.

지금에 와서야 아쉬운 마음이 든다.
더 어렸을 때부터 안경이나 렌즈를 썼다면
얼마나 많은 추억들을 선명하게 기억할 수 있었을까.

불편함을 느낀다는 건
불편함으로부터 벗어날 수 있는 기회일 수도 있는데.
불편한 것을 스스로 나쁜 것이라 여기지 말아야겠다.

◀ II ▶

포기도 습관이라서

운동을 해야겠다는 생각이 들어 달리기를 하기로 했다.
매일 3킬로미터씩 쉬지 않고 달렸다. 그런데 항상 1킬로
미터를 돌파할 때쯤이면 그만 달리고 싶은 유혹이 찾아
온다. 숨도 차오르고 '내가 무슨 만수무강을 누리겠다고
이렇게 달리고 있나'라는 생각이 들고 '오늘은 그냥 걸을
까? 걷는 것도 좋은 운동이야!'라는 자기 합리화가 몰려
온다. 이 순간을 이기지 못하고 걷기 시작하면 그날 달리
기는 끝나는 거고, 어떻게든 이겨내 계속 달리면 목표한
거리까지 끝까지 달릴 수 있게 된다.

멈추지 않고 끝까지 달리면 내가 세운 목표를 이뤘다는
성취감과 제대로 운동했다는 뿌듯함, 시원한 바람이 주는

상쾌함, 남은 하루도 알차고 생산적으로 보낼 수 있는 에너지까지 얻게 된다. 그럼에도 매번 1킬로미터쯤 달리면 포기하고 싶은 유혹에 휩싸인다. 그런데 나는 나를 안다. 한 번 이 포기의 달콤함을 맛보는 순간 두 번, 세 번 습관처럼 포기하게 될 거라는 걸. 그래서 나는 나와 싸운다. 포기가 습관이 되지 않도록. 오늘도, 내일도 계속해서.

◀ ❚❚ ▶

데이브레이크-범퍼카

조
용
히   시끄럽고 싶어

뭔가 색다른

일상에 새로운 바람을 불어넣어줄

새로운 순간이 필요해.

근데 막 애쓰고 싶진 않아.

나쁜 것도 하기 싫고.

그냥 조용히 시끄럽고 싶어.

◀ ❚❚ ▶

ADOY-Grace

익숙해지지 않기
싸움

오른손잡이인 내가
문득 왼손으로도 글을 쓰고 싶어져
바른 글씨 연습 책을 샀다.

(솔직히 얼마나 할까 싶긴 하지만.)

새삼 익숙함이라는 게 참 대단하다.
그저 왼손보다 오른손을 더 많이 썼을 뿐인데
왼손으로 양치질만 해도 내가 이를 닦는 건지
그저 막대기를 위아래로 움직이고 있는 건지
헷갈릴 만큼 생소하기 때문이다.

그런데…
생소한 만큼 새롭기도 하고 재미있기도 하다.
가끔 이렇게 왼손을 사용해서 일상을 새롭게 보내봐야겠다.
너무 편한 것에만 익숙해지지 않기 위해서라도.

◀Ⅱ▶
Mama Cass-Don't Let The Good Life Pass You By

변심

군건한 의지로 의견을 피력하다가도
정곡을 찌르는 말 한마디에
모든 신념이 무너지기도 한다.

고작 몇 초의 시간만으로도
사람의 마음은 바뀔 수 있다.

◀ ‖ ▶

Iron&Wine-Fever Dream(Album)

좋은 게   좋은 걸까

조금 노력해서 좋은 결과를 얻는 것.
좋은 일이다.

정말 그런가?
돌이켜 보면 조금 노력해서 쉽게 결과를 얻었을 때
다음에는 좀 더 노력해서 더 좋은 결과를 내야겠다고
생각이 이어지는 경우는 극히 드물었다.
대부분은 이 정도만 노력해도 되는구나 하며
본능적으로 편함을 학습하게 되고,
더 많은 노력이 필요한 일들은 하기 싫어지고
나도 모르게 자꾸 피하게 되기 쉬웠다.
그렇게 적은 노력으로 편안하게 살다 보면
자연스레 좋지 않은 결과가 나오게 되고
그에 따른 불만만 쌓여간다.
그러다 뒤늦게 더 큰 노력을 해보려고 해도
편함에 익숙해진 나를 바꾸기란 쉽지 않다.
그러니 '좋은 게 좋은 거'라는 말에 너무 익숙해지지도
운 좋게 얻은 결과를 당연한 것으로 여기지도 말아야겠다.

◀❚▶
Harry Styles-To Be So Lonely

받아들이기

문제가 생기면 문제가 생긴 거지
문제가 안 생긴 게 아니다.

문제인데 문제가 아니라고 하는 건
긍정적인 게 아니라 착각하는 것이다.

문제임을 인정하고 다음을 기다릴 때
비로소 방법은 찾아온다.

◀ ❚❚ ▶

Lisa Ekdahl-I Don't Miss You Anymore

피 객관적으로 생각했을 때도
곤 나는 꽤나 고집이 세다.
한 다른 사람에게 듣고 생각해서
     미리 조심하고 행동하면 좋으련만
스 꼭 직접 느끼고 겪어봐야
타 뼈저리게 깨닫는 스타일.
일

피곤하다, 피곤해.

그래도 필요 없는 실패는 없다는 믿음으로,
실패로 인해 잃는 것도 많지만
그만큼 쌓이는 경험치도 많다는 생각으로,
그리고 그 경험들은
어느 누구도 나에게서 빼앗아 갈 수 없는
나만의 무기가 될 거라는 소망으로.

오늘도 또 피곤한 일을 시작한다.

◀ ▌▌ ▶

Pink Martini-Hang On Little Tomato

따뜻한
얼음

따뜻한 얼음이고 싶다.

차가움으로 바라보고 싶고

따스함으로 살아가고 싶다.

◀ ❚❚ ▶

Sufjan Stevens-Lonely Man of Winter

아직
끝나지 않은 하루

아무것도 하고 싶지 않은 하루.
손끝 하나 움직이기 싫은걸.

이렇게 하루를 살아보는 것도 나름 괜찮은 경험이라며
스스로에게 설득을 당해본다.
그렇게 흘러가던 하루 끝에서 후회를 시작하고
내일은 다르게 살리라 다짐한다.
그런데 문득 드는 생각.

어쩌면 아직 끝나지 않은 하루를
내 멋대로 끝내버리고 있는 건 아닐까?

9회말 2아웃의 야구 경기처럼,
90분 이후 추가 시간의 축구 경기처럼,
충분히 역전 가능한 시간이 남은 게 아닐까?

내가 역전하고자 마음먹을 때,

아직 경기가 끝나지 않았다고 생각할 때,

비로소 연장전은 시작된다.

나의 하루는 아직 끝나지 않았다.

◀❚❚▶

루시드폴-아직, 있다.

되
고
픈

사
람

보이는 것에 속지 않는 사람.

보이지 않는 마음을 보려는 사람.

◀❚▶
_____

Elliott Smith-Between The Bars
_____

_____

각자의 시간들

사람 구경하는 걸 좋아한다.
거리가 한눈에 보이는 곳에 홀로 앉아
지나가는 사람들을 바라보는 것은 참 흥미롭다.

시간에 쫓기듯 급히 발걸음을 재촉하는 사람.
소중한 사람과 웃음꽃을 피우는 사람.
가만히 서서 하늘을 바라보는 사람.
휴대전화만 보며 걸어가는 사람.
설레는 눈빛으로 누군가를 기다리는 사람.
복잡한 기분을 달래듯 깊은 숨을 내뱉는 사람.

다양한 사람들이 한데 모여 장면을 이루는 모습이 신기하다.
각자의 사연을 가지고 저마다의 방식으로 살아가는 사람들.
다시는 돌아오지 않을 이 시간에
나도 나만의 방식으로 시간을 보내본다.

◀❚❚▶

Clairo-Amoeba

자극적이지 않아
자극적이야

자극적인 것에 익숙해져 있다.
그래서 더욱 자극적인 것을 찾게 되고
자극적이지 않으면 흥미가 생기지 않고
눈길조차 가지 않게 된다.

이런 상황이 오히려 나에겐 자극이 된다.
모든 세상이 자극으로 가득 채워지게 되면
편안함이 가장 큰 자극이 되지 않을까.

편안함이 주는 자극과 행복함, 짜릿함은
아직 감춰져 있을 뿐.

◀ ❚❚ ▶

Melissa Polinar-Take It Easy

밤
의 향기

잠들기 전 창문을 열어 밤공기를 마시는 게 일상이 되었다.
밤이 가지고 있는 특유의 향기가 있는데
그 향기가 가져다주는 추억들이 참 따뜻하다.

골목길 희미한 가로등 아래서 숨바꼭질하던 날의 향기.
야자 쉬는 시간 운동장에 나와 기지개를 켜던 날의 향기.
친구들과 심야영화를 보고 집으로 돌아가던 날의 향기.

바쁜 일상에 밀려 구석에 나뒹굴던 자그마한 추억들이
들이마시는 숨에 내 머릿속을 가득 채운다.
그리운 듯 그립지 않은 추억들을 마음껏 음미하며
춥지만 따뜻하게 하루를 마무리한다.

◀❚❚▶

Billie Eilish-come out and play

셋.

그래도

네가 곁에 있다면

너
의

한마디에

"오늘 하루는 어땠어?"

너의 그 한마디에

비로소, 나의 하루는 채워지기 시작했다.

◀❚▶
_____

Anderson .Paak-Make It Better(feat. Smokey Robinson)   *
_____

불면
의
밤

내가 오늘 자기 싫은 이유는
나인 줄 알았는데 너였다.

알차게 채우지 못한 하루에 대한
후회인 줄 알았는데 아니었다.

뭐라도 하려는 발버둥 속 잊고 있던
네가 지금 생각나서였다.

◀❙❙▶

Jamie Cullum-I Think, I Love

하루가
24시간이라서

24시간 동안 먹기만 할 수 있을까?

나는 절대 못해.

24시간 동안 게임만 할 수 있을까?

나는 자신 없어.

24시간 동안 너만 생각할 수 있을까?

나는 할 수 있어.

◀ ❚❚ ▶

Devendra Banhart-Daniel

너는
알아도   몰라줬으면

바빠 보인 척한 것도
심술 난 것처럼 굴었던 것도
아무 소식 없었던 것도
괜찮지 않아도 괜찮은 척한 것도

다 너의 짧은 눈길 한번 얻어보려 한 거였다는 걸
너는 알아도 몰라줬으면.   ·

◀❚▶

Maisie Peters-Personal Best

작은
불빛

언제든지 찾아와 마음을 터놓을 수 있는
언제나 편안함과 따뜻함을 느낄 수 있는

그런 너의 작은 불빛이고 싶다.

◀❚▶

Chelsea Cutler, Jeremy Zucker-please

Be a fool

멋져 보이지 않아도 뭐 어때,
나는 바보가 될래.
내게 충분해, 넌.

잘나 보이지 않아도 뭐 어때.
나는 바보가 될래.
내게 소중해, 넌.

아프다 해도
몰라준대도
너를 위한 바보가 될래.

◀❚❚▶

정세운-Be a fool

사랑이 아닐까

기다리는 게 설레고 행복하다면,

그건 사랑이 아닐까.

◀❚▶

성시경-영원히

도피처

어색하거나 곤란하고 민망할 때
늘 너를 쳐다보는 나.

그리고 그때마다
이런 날 이미 알고 있다는 듯이
날 바라보고 있는 너.

◀▮▶

이소라-그대가 이렇게 내 맘에

보통
의　　　기분으로

네가 하루를 엄청 들뜬 기분으로 시작하지도,
너무 우울한 기분으로 시작하지도 않았으면 좋겠다.

그저 보통의 기분으로
아무 슬픔도 들뜸도 없이

네가 살아오던 대로
평화롭게 아침을 맞이했으면 좋겠다.

◀❙❙▶

Thelonious Monk-Ruby, My Dear

너
는

별

밤하늘을 빛내는 별은
너를 닮은 것 같아.

어두웠던 나의 하늘을
비춰준 건 언제나 너였어.

◀‖▶

정세운-닿을 듯 말 듯

필요한 사람

저 책을 집어드는 사람은 위로가 필요한 사람

저 책을 집어드는 사람은 지식이 필요한 사람

저 책을 집어드는 사람은 사랑이 필요한 사람

저 책을 집어드는 사람은 재미가 필요한 사람

너라는 책을 집어드는 나는 네가 필요한 사람

◀ ❚ ▶

김현철-Tonight Is The Night

그런
날

그런 날이 있다.

늘 꼭 닫아두던 마음을
활짝은 아니더라도
살짝 열어두고 싶은 날.

네가 마음껏 드나들 수 있도록 하고픈 날.

◀ ❚❚ ▶

Kings of Convenience-24-25

자꾸   아른거려

눈에서 멀어지면
마음도 멀어진다는 말은
아직 잘 모르겠는데

눈에 자주 보이면
없던 마음도 생겨난다는 건 알겠다.

◀ ❚❚ ▶

Jacob Collier-The Sun Is In Your Eyes

Irony

고요 속에서 두근대는 심장 소리가 좋다가도,

두근대는 심장에도 고요한 내가 싫다.

너라서
그래

네가 어쩌다 툭 내뱉은 말.
아마 너는 기억도 하지 못하고 있을 말.

그 말 하나 때문에
아무 일도 손에 잡히지 않아서
너를 기다리고 기다리다 끝내 무심한 너를 보면서
그럴 거라 생각했음에도 서러움을 느끼고.

기대하지 않았음에도 아파하는 내가 어이없고
뭘 바라는 건지 나조차도 모르겠는
이 감정이 또 신기하고.

그래도 널 기다린 시간이 아깝지 않았다는 생각에
웃음이 나는 내가 참 바보 같고.

◀ ▋▶

The Cardigans-Lovefool

오래 기억하고 싶은 추억

오래 기억해두고 싶은 추억이 있다.
빨리 잊혀질 추억인 걸 알기 때문에.

기쁠 때나

슬플 때나

기쁠 때는
　　네가 생각나고

슬플 때는
　　네가 생각나지 않으면 좋겠는데
　　생각나고

◀❚❚▶

Hank Jones-My Romance

마음
의
그늘

누구나 다른 사람에겐 보여주기 싫은
마음의 그늘이 있다.

나는 너의 그늘이 궁금하다.
동정도, 호기심도 아니다.

그저 너의 마음에 그늘이 지지 않았으면 해서.
더 이상 너의 마음이 아프지 않았으면 해서.

◀❙❙▶

윤상-영원 속에

· 153

튼튼한 　　　탑

네가 거짓말하는 걸 알면서도
모르는 척 넘어가는 게 우리를 위한 걸까.

네가 거짓말을 하는 나름의 이유가 있을 테고
그 이유가 설령 나를 위한 것이라 해도
거짓말을 주고받는 관계는 결국 끝이 찾아오게 돼.

거짓말로 키워진 관계는 속이 텅 빈 탑처럼
거센 바람 앞에 힘없이 무너지고 마니까.

지금의 진실이 서로에게 상처가 되어
지금까지 쌓아온 탑이 무너질지언정
그때는 다시 차곡차곡 새롭게 쌓아올리면 돼.

너와는 어떤 바람에도 결코 무너지지 않을
튼튼한 탑을 짓고 싶으니까.

◀ ❚❚ ▶

Johnny Smith-Our Love Is Here To Stay

안타까워서야

많고 많은 단어 중에
하필 뾰족하고 차가운 말로
상처 주는 너에게
화가 나지 않는 건

네가 두려워서가 아니라
그걸 선택할 수밖에 없는 네가
안타까워서야.

◀❚▶

Keith Jarrett-Someone To Watch Over Me

Between

만남과 이별
시작과 끝
그 사이는 없나봐.

오전과 오후
태양과 달
그 이상은 없나봐.

◀ ❚❚ ▶

Durand Jones&The Indications-Court of Love(feat. Aaron Frazer)

그
랬
으
면

이 세상 모든 좋은 건

다 너에게

너를 스쳐갈 아픔들은

다 나에게

그리움이
그리운   밤

불 꺼진 고요한 방 안

침대에 누워 숨을 깊게 들이마시니

그리운 기억들이

반쯤 지워진 듯 희미하게 떠오른다.

피식 웃음이 나기도 하고

추억에 잠기기도 하며

이미 지나가버린 시간이라는 생각에

결국 쓴웃음을 짓곤 한다.

어쩌면 난 그리움이 그립나보다.

그리운 기억은 선명하지 않고

그 감정만 선명하니 말이다.

오늘도 방 안은

이유 모를 아쉬움이 담긴 숨으로 가득하다.

◀❚❚▶

Jason Mraz-Absolutely Zero

상
처가

아물기
까지

손가락에 난 상처가 완벽하게 아물기까지도
몇 주는 걸리는데,

마음에 난 상처는 어련할까.

◀ ❙❙ ▶

<u>넬-그리워하려고 해</u>

진심
으로

믿어

진심으로 다가가면 진심이 돌아온다고 믿는다.

비록 돌아오는 진심이

내가 바라던 진심은 아닐 수도 있지만

그럼에도 마음 자체는 다 느껴진다고 믿기에,

진짜 궁금해서 물어보는 건지

별 관심 없는데 그냥 물어보는 건지 다 느껴지기에,

'어떻게 지냈어요?'라는 질문 하나에도 진심을 담아본다.

더 많은 진심이 상대에게 전해지길 바라며.

◀ ❚❚ ▶

Pink Martini, The Von Trapps-Dream A Little Dream

넷.

다시 한 걸음,
조금씩이라도

진짜   나다운 삶

너다운 삶을 살아라.
너의 잠재력을 믿어라.
너는 뭐든 할 수 있다.

내가 자라며 많이 들어온 말들.
모두에게 용기를 주는 말들.
한때는 이 말들이 그저 정답인 줄 알았다.
그렇게 나에게 몰두하고 나에게 흠뻑 빠져 지내다가
생각보다 나는 멋지기만 한 사람이 아니라는 것을,
나에게 몰두하다 보니 놓치는 가치들이 참 많다는 것을,
나는 늘 완벽할 수 없다는 것을,
나는 당장 오늘 내게 일어날 일도 알 수 없다는 것을
받아들인 뒤부터 정신을 차리게 되었다.
그리고 나니 오히려 삶이 자신감으로,
일상이 활기와 행복으로 채워지기 시작했다.

나다운 삶이란 무엇일까.
그저 내가 하고 싶은 대로, 내가 좋은 대로 하는 것일까.

하나 확실한 건

내가 나다운 삶이라고 생각했던 게
항상 정답은 아니라는 거다.

Benny Sings-Nobody's Fault

Not To Do List

애써 핑계 대고 멈추지 말 것.

혼자 할 수 있음에도 도움 받으려 하지 말 것.

문제는 문제로 받아들이고 스스로를 속이지 말 것.

최선을 다해보지도 않고 포기하지 말 것.

스스로를 더 훌륭하게 포장하지 말 것.

이게 다 내가 했던 것들.

그리고 하지 않을 것들.

◀❚❚▶

무기력과
의

싸움

겨우 나아지나 했는데
다시 처음으로 되돌아갔을 때의 기분이란
썩 유쾌하진 않다.
자괴감도 들고
무기력함도 올 수 있다.

그럼에도 이 자괴감과 무기력함에서
최대한 빨리 벗어날 수 있는 방법은
내가 정말 어리석고 부족함을 인정하고
그래도 다시 도전해보자는 가벼운 마음,
희망을 버리지 않는 마음 아닐까.

◀ ❚❚ ▶
Lana Del Rey-You Must Love Me

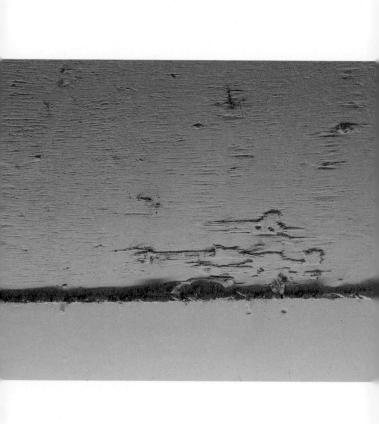

다시,   한 걸음

작은 균열이 생기면 그 틈은 벌어지기 쉽고
아주 작은 상처가 큰 상처로 번지기도 한다.

애초에 균열과 상처가 생기지 않으면 얼마나 좋을까.
하지만 이미 생긴 균열과 상처를 어찌 할까.

균열이 더 이상 균열이 아니고
상처가 더 이상 상처가 아니면 되는 거다.

균열은 새로운 시작이 되고
상처는 단단한 디딤돌이 될 수 있다.

그러니 그저 멈추지 않고
조금씩이라도 걸어보려 한다.

◀ ❚❚ ▶

SOLE-Slow

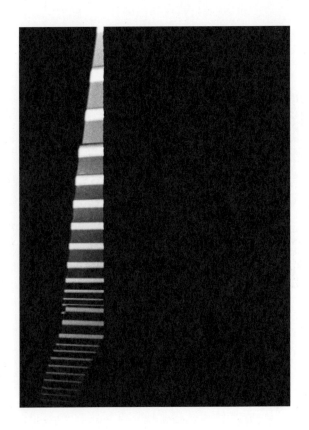

당
당
해 지 는
법

처음으로 가자.

가장 낮은 곳으로 가자.

조금이라도 나를 과장하지 말자.

저 바닥으로 가자.

거기서 시작하자.

◀ ❚❚ ▶
─────────────────────────────────
이영훈-돌아가자
─────────────────────────────────

Be Colorful

팔레트 안에 한 가지 색만 있는 것보다
여러 가지 색이 있을 때
더욱 자유롭게 표현할 수 있다.

내가 가지려 하는 색이 예쁜 색인지,
나에게 필요한 색인지 고민만 하다가
팔레트에 담지 못할 때가 있다.

예쁜 색이든, 못난 색이든
모두 각자 쓸모가 있는 법이라는 걸,
각기 다른 색들이 섞여서
또 하나의 새로운 색을 만들어낸다는 걸 모르고.

◀❚▶

Laura Fygi-Let There Be Love

창문 밖의
날씨

창문을 통해 하늘을 바라봤는데
맙소사, 오늘따라 날이 참 흐리다.
우중충한, 딱 공포 영화에 나올 법한 하늘.
그러자 알게 모르게 같이 가라앉는 기분.

울적하게 시간을 보내다 우연히 창을 열었는데,
세상에, 하늘은 정말 맑고 화창하다.
그저 창문에 선팅이 진하게 되어 있어
하늘이 흐리게 보인 것뿐이었다.

　　　뭔가 속은 것 같은 억울한 느낌이 들면서
　　　동시에 많은 생각이 들었다.

눈에 보이는 것으로만 섣불리 판단하지 말자는 것,
그리고 생각을 잘하면,
날씨에 영향받는 내 감정을 늘 좋게 만들 수 있다는 것.

◀Ⅱ▶

Jane Monheit-Taking A Chance On Love

있는 그대로 받아들이기

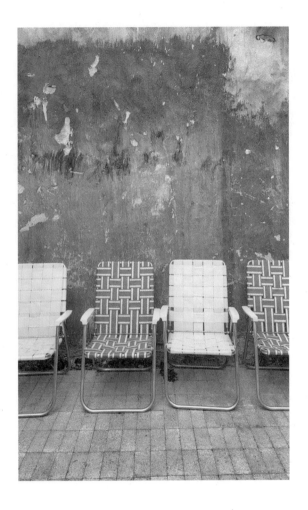

요즘에는 자신이 부족한 것을 인정하는 게
자존감이 낮은 사람인 것처럼
자신감이 없는 사람인 것처럼
소심한 사람인 것처럼 비치기도 한다.

정말, 그럴까?

내가 어떤 부분이 부족한지 솔직하게 받아들이면
그 부족함이 오히려 큰 무기가 될 수도 있고
부족한 걸 안 만큼 더 많이 준비할 수도 있고
모르는 걸 안 만큼 나아질 수도 있는데 말이다.

이런 이야기가 그저 착한 이야기라고 생각했을 땐
정말 나와는 상관없는 착한 이야기였고,

이게 진짜라고 믿어졌을 때는
꾸밈 하나 없는 솔직한 이야기였다.

◀ ❚❚ ▶

James Arthur-Finally Feel Good

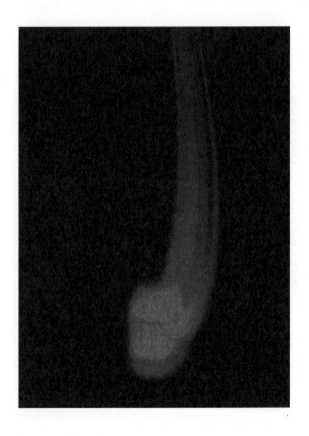

확실한

하
나
는

내가 아는 건 별로 없지만

한 가지 확실히 아는 게 있는데

나는 눈에 보이는 걸 위해 살지 않는다는 거야.

◀❚❚▶

선우정아-백년해로

성장의   모습

나는 따로 시간을 내서
나의 발전을 위한 시간을 가져야
비로소 내가 성장할 수 있을 거라 생각했다.

여전히 그 생각이 틀리다고 생각하진 않지만,
내가 따로 시간을 내려 하지 않아도
내가 해야 할 일들과 주어진 시간 속에서도
나는 얼마든지 성장할 수 있었다.

성장의 방향은 다양하고 직선이 아니기도 하며
한 가지 결과만으로 판단되지도 않기에
설령 그것이 내가 예상한 모습은 아니었다 하더라도,
그렇다 해서 그것이 성장이 아닌 것은 아님을.

결국 내가 생각하기 나름인 것 같다.

◀▮▶

HONNE-DANCING ON A CLOUD

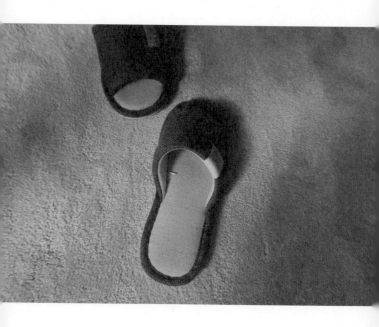

Please Charge Me

문득 휴대전화를 보니
어느새 배터리가 바닥이다.
딱히 뭘 많이 하지 않아도
배터리는 늘 0퍼센트로 향한다.

충전이 필요하기는
기계나 사람이나 마찬가지인데
사람은 배터리가 떨어져도
경고 알림이 따로 울리지 않는다.

그래서 이 충전 시기를 알아차리는 게
정말 어렵고 중요하다.
매일 나의 상태는 어떤지 확인하고
방전되지 않도록 꼭꼭 충전해야 한다.

◀ ▋▋ ▶

Louis Cole - Phone

이상해도
괜찮아

무언가를 볼 때 이상하다고 느끼는 이유는 무엇일까.

내 생각과 달라서?

일반적이지 않아서?

사전에서 이상하다는 말의 뜻을 찾아보았다.

'정상적인 상태와 다르다'

그렇다!

틀린 게 아니라 다를 뿐인 것이다.

내가 이상하다고 해서

남에게 피해를 주는 게 아니라면

마음껏 이상하자.

결코 틀린 것이 아니니까.

◀❚❚▶

Grace VanderWaal-Waste My Time

뻔뻔할 자신

자신감이 넘치고 싶었는데
뻔뻔함만 늘어가는 듯하다.

그래도 뻔뻔할 자신은 확실히 있다 :)

꾸준하다는 건

뭐든지 꾸준하게 해내는 건 정말 어려운 일이다.

꾸준한 게 제일 대단한 것 같다.

근데 왜 꾸준한 게 어려운 걸까.

나는 꾸준히 잠을 자고,

꾸준히 밥을 먹고,

꾸준히 옷을 입고,

꾸준히 휴대전화를 들여다보는데.

사실은 무언가를 '꾸준히' 하는 일이 어려운 게 아니라,

익숙하지 않은 일을 익숙하게 만드는 게 어려운 것 아닐까?

무작정 꾸준히 하려 하지 말고

천천히 익숙해져야겠다.

◀ ❚❚ ▶

H.E.R-Comfortable

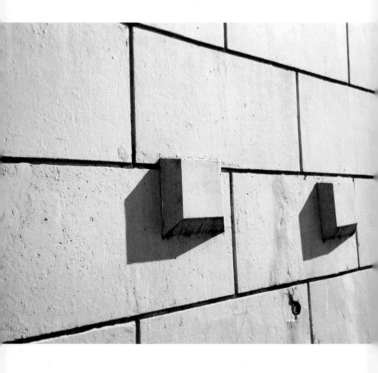

오늘

어제는 오늘의 과거이고
내일은 오늘의 미래이다.

오늘이
우리의 과거와 미래를 만드는 것이다.

하루하루 마음속에 단을 쌓는다는 느낌으로
후회하지 않을 오늘을 만들어보자.

포기해도 괜찮은 이유를 더 이상 찾지 않고
오늘 실패한다 해도 다시 시작하면 되는 거다.

오늘,
내가 당장 할 수 있는 가장 작은 일부터 시작하기.

◁ ❙❙ ▷

Tuxedo-Do it

이건 아닌데

'이건 진짜 아닌데'라는 마음이 든다면

그건 진짜 아닐 수도 있다.

애써 자기 생각을 외면하려

틀린 생각인 것처럼 부정하고 무시하지 말자.

◀ ❚ ▶

Patrick Droney-Ruined

Smiley

누군가 내가 아무 필요도 없는 사람이라고 느끼게 한다면,

그냥 씩 웃어주자.

상처가 더 이상 상처로 남아 있게 두지 말자.

세상에 소중하지 않은 사람은 없다.

◀ ❚❚ ▶

Landon Pigg-Falling In Love At A Coffee Shop

나는
그러고 싶지 않다

우위를 차지하려 기 싸움 하고 싶지 않다.

무관심하고 생기 없는 눈빛으로 대하고 싶지 않다.

배려 따윈 모르는 이기적인 사람이고 싶지 않다.

악의적인 마음으로 장난치고 싶지 않다.

듣고 싶은 것만 듣고 멋대로 판단하고 싶지 않다.

상대방에게 상처가 되는 말을 인지하지도 못하고 내뱉는

무례한 사람이고 싶지 않다.

◀❚❚▶

The Frames-Your Face

하던 대로,   살던 대로

'무슨 일이 생기든 하던 대로 한다.'

참 멋있게 들리는 말이다.

그런데 그 '하던 대로'라는 말이
변화를 두려워해서 나오는 말이 아니라
무슨 일이 벌어지든 자신 있다는 태도에서 나올 때
'하던 대로' 해도 괜찮은 게 아닐까.

큰 목표를 세우는 것보다
그 목표에 가까워질 수 있는 오늘을 설계하는 것.

그래야 큰 목표를 이루었을 때
모든 게 다 끝난 느낌을 받지 않고도
그저 하던 대로,
내가 살던 대로 살 수 있지 않을까.

◀ ❚❚ ▶

kwassa-good life

마음속
깊
이

박혀 있는 말

하지 않는 것과

할 수 없는 것은 다르다.

잘하려 하지 말고

잘할 수 있는 사람이 되자.

성공하려 하지 말고

성공할 수 있는 사람이 되자.

◀Ⅱ▶

박새별-사라지는 것들

하루
의 　시작

모두가 잠든 늦은 밤에
혼자만의 시간을 즐기는 것도 좋은데
요즘엔 모두가 잠든 이른 아침에
오늘 하루 마주치게 될 모두를 마음에 담는 게
참 좋다.

해 뜨기 전 이른 새벽
아직은 어둑한 밖을 바라보며
오늘 하루를 준비하는 고요한 시간.

오늘 하루 만날 사람들을 위해
조용히 기도하는 이 시간은
나에게 최고의 하루를 만드는 시작이다.

◀ ❚❚ ▶

정재형-사랑하는 이들에게

가져보지 못한

시
간

그럴 때가 있다.
내가 경험해보지도 않은 시간이 그리울 때.

해가 지기 시작하는 어스름하고 선선한 해 질 녘에
작은 마당에서 삐걱거리는 나무 의자에 앉아
물기 머금은 숲의 향기를 맡으며 따뜻한 차를 마시고
소중한 사람들과 온기가 남은 장작불 앞에서
소박한 이야기를 주고받는 시간.

한 번도 가져보지 못한 그 시간이
오늘따라 참 그립다.

◀❚▶
Rosie-Retail Therapy

나의

작은 꿈

"너는 꿈이 뭐야?"

누구나 한 번쯤 들어본 적 있는 질문일 거다.
나는 어렸을 때 이 질문에 대답하기가 참 힘들었다.
초등학교 때부터 이 질문을 마주하면
늘 대통령이라고 대답하고 얼버무렸다.
꿈이 없다고 하면 큰일 날 것만 같았으니까.
답을 기대하는 눈빛들, 원하는 답이 있는 듯한 정적.
우물쭈물 대통령이라고 얘기하면 정적은 웃음으로 바뀌고,
기대의 눈빛은 만족의 눈빛으로 바뀌었다.
20대가 된 지금의 나에게 꿈이 뭐냐고 물어본다면
이젠 좀 더 확실하게 얘기할 수 있다.

주어진 상황과 환경에 불평하지 않고
하루하루 평안한 시간을 누리며
내 그릇을 넓힐 수 있는 준비와 공부를 하는 것.
그러다 벌어지는 일들에 최선을 다해 임하는 것.
그렇게 나에게 맞는 방향과 속도로 살아가는 것.

나에겐 가장 행복한 꿈이며
하루하루 이뤄낼 수 있는 나의 꿈이다.

◀ ❚❚ ▶

Christina Perri-A Thousand Years

앞으로의 날들

지금 당신의 마음엔 무엇이 담겨 있나요?
어떤 생각으로 가득한가요?

그것이 앞으로의 날들을 만들어갈 거예요.

인생 사진

어쩌다 보니 썩 마음에 드는 사진을 찍었다.
빛의 잔상이 남는 멋진 사진이다.
이 사진을 찍기 위해 나는 캄캄한 어둠 속에서
휴대전화를 이리저리 마구 흔들어야 했다.

지금 내가 캄캄한 밤 속에 있고
이리저리 흔들리고 있는 것처럼 느껴진다면
그 시간은 어둠이 아닌 빛으로 향하는 시간임을 잊지 말자.
분명히 멋진 사진을 남기게 될 테니까.

◀ ❙❙ ▶

Ed Sheeran-Photograph

아끼고 아낀 말

초판 1쇄 인쇄 2022년 4월 1일 **초판 1쇄 발행** 2022년 4월 8일

지은이 정세운
펴낸이 이승현

편집1 본부장 한수미
편집 강소라
디자인 함지현

펴낸곳 ㈜위즈덤하우스 **출판등록** 2000년 5월 23일 제13-1071호
주소 서울특별시 마포구 양화로 19 합정오피스빌딩 17층
전화 02) 2179-5600 **홈페이지** www.wisdomhouse.co.kr

ISBN 979-11-6812-273-4 03810